# ÉPIGRAPHIE ROMAINE

## DU POITOU & DE LA SAINTONGE

PAR

Emile ESPÉRANDIEU,

Lieutenant-Professeur à l'Ecole militaire d'Infanterie,

Correspondant du Ministère de l'Instruction publique,

Associé-Correspondant de la Société nationale des Antiquaires de France,
Membre du Comité des Monuments français,
Membre de la Société française d'Archéologie, de la Société des Etudes historiques,
de la Société des Antiquaires de l'Ouest,
Membre-Correspondant de l'Académie des Sciences de Toulouse,
de l'Académie de Nîmes, de la Société archéologique du midi de la France,
etc., etc.,

Officier d'Académie.

PLANCHES

PARIS
ERNEST THORIN
éditeur
7, rue de Médicis.

MELLE
EDOUARD LACUVE
imprimeur-éditeur
1, Grande-Rue.

1889

# ÉPIGRAPHIE ROMAINE

## DU POITOU ET DE LA SAINTONGE

# ÉPIGRAPHIE ROMAINE

## DU POITOU & DE LA SAINTONGE

PAR

### Émile ESPÉRANDIEU,

Lieutenant-Professeur à l'Ecole militaire d'Infanterie,

Correspondant du Ministère de l'Instruction publique,

Associé - Correspondant de la Société nationale des Antiquaires de France,
Membre du Comité des Monuments français,
Membre de la Société française d'Archéologie, de la Société des Etudes historiques,
de la Société des Antiquaires de l'Ouest,
Membre-Correspondant de l'Académie des Sciences de Toulouse,
de l'Académie de Nîmes, de la Société archéologique du midi de la France,
etc., etc.,

Officier d'Académie.

PLANCHES

| PARIS | MELLE |
| --- | --- |
| ERNEST THORIN | EDOUARD LACUVE |
| éditeur | imprimeur-éditeur |
| 7, rue de Médicis. | 1, Grande-Rue. |

1889

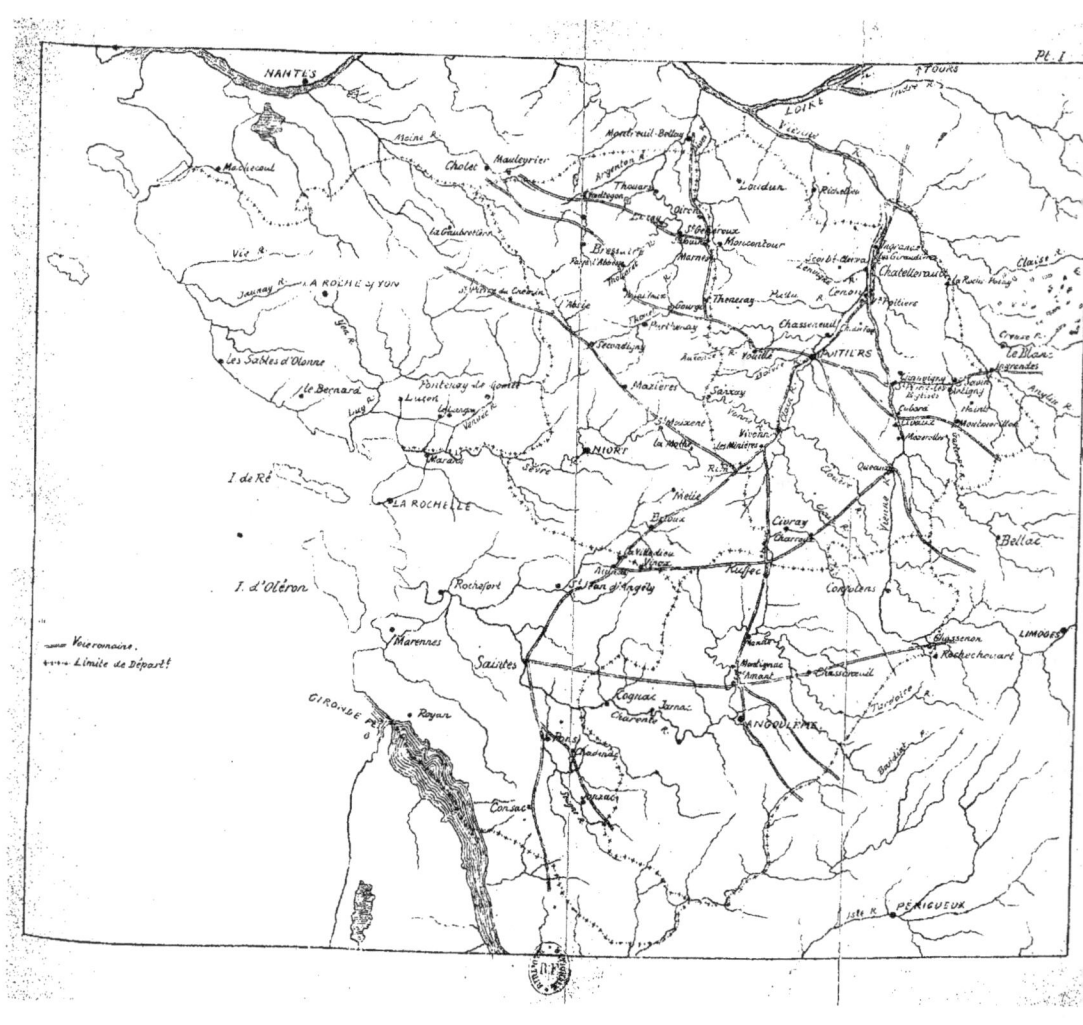

Pl. I

Pl. II

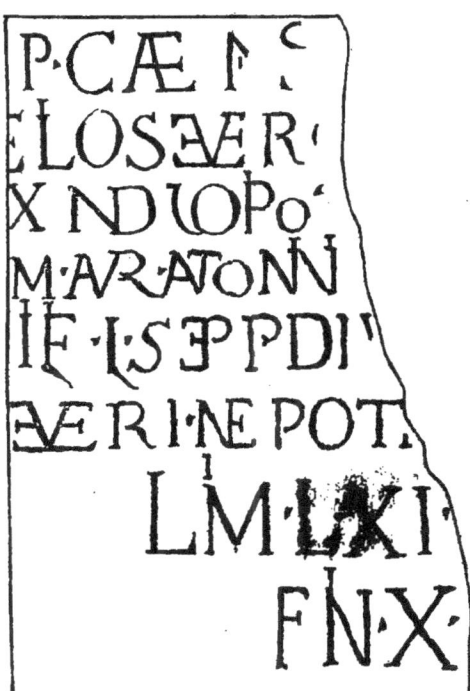

Fac-similé de de Longuemar

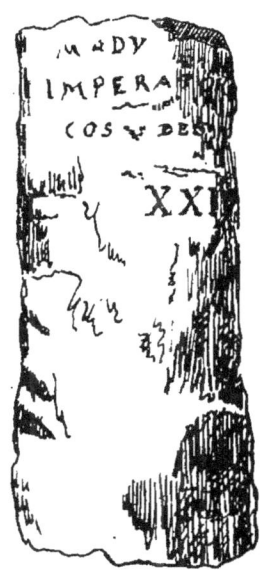

Copié en fac-similé de P. Gardrat

Pl. III

IMP CAE SCPIO
E S V VIO T. ET RICO
PIO FE LICI INVICTO
AVG PM TP P PCOS
PROCOS

C P LXVI
F XI LXX

Pl. III bis

*Borne milliaire d'Ambernac.*

Pl. IV

TO F AVG

PMPI TR

PO

*Milliaire de St Pierre du Chemin.*

HERCVLIAVG

FPRISCINFFVLVIIIF

CRVND

*Inscription votive de la Gaubretière.*

*( Fac-simile de B. Fillon )*

Pl. V

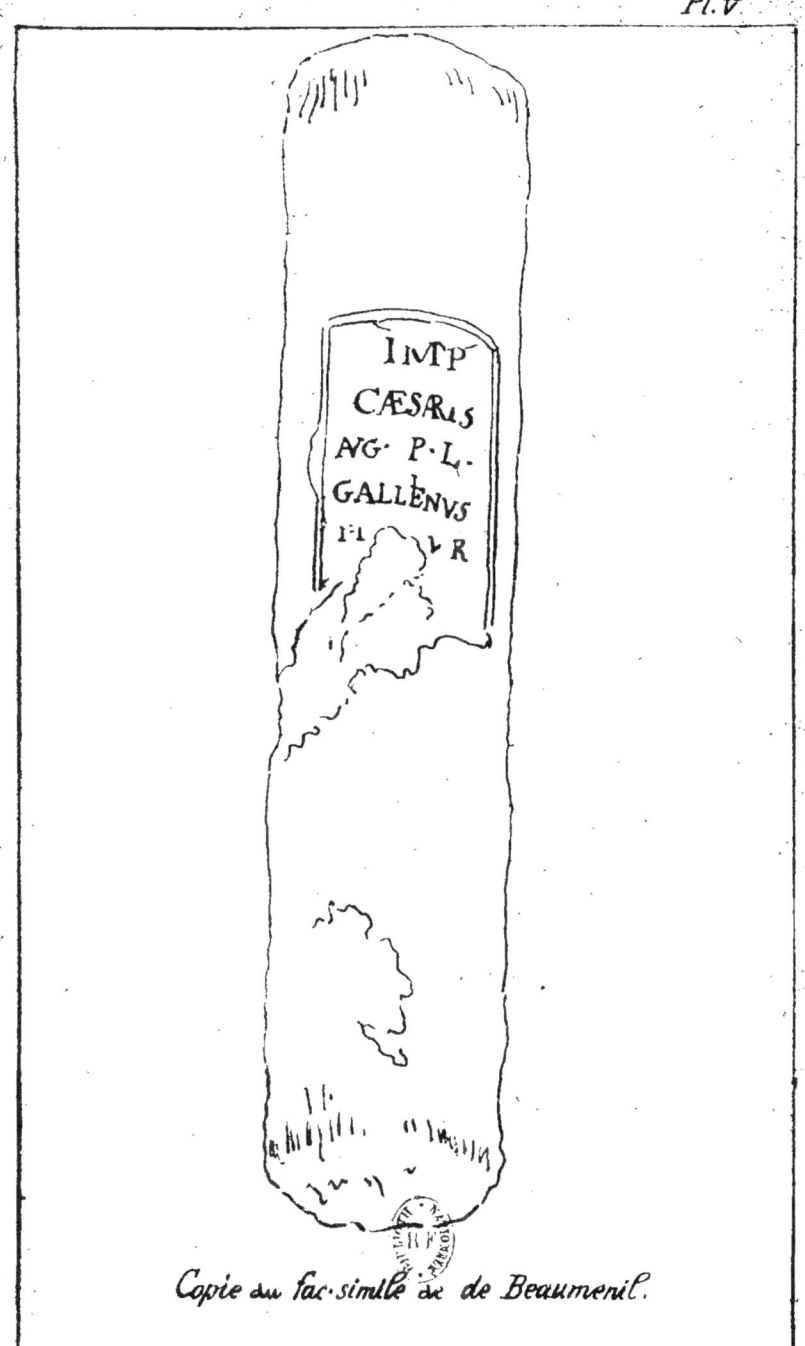

IMP
CÆSARIS
AVG· P·L·
GALLENVS
P·F· VR

Copie du fac-simile de de Beaumenil.

Pl. VI

*Pl. VI bis*

Pl. VII

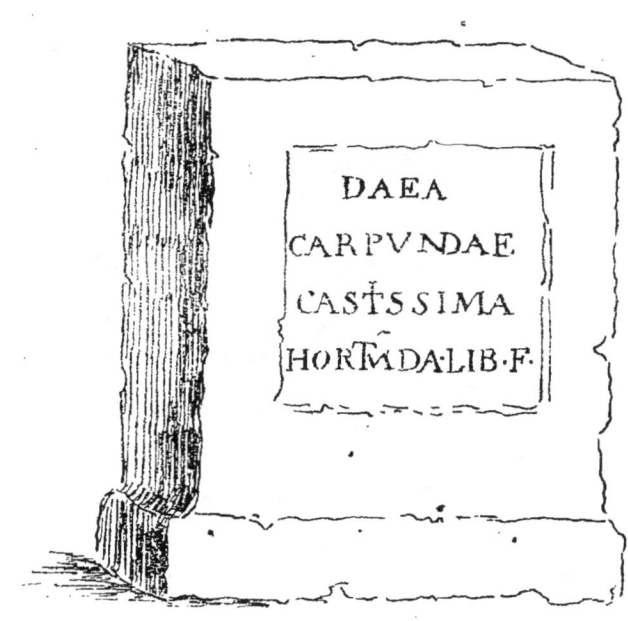

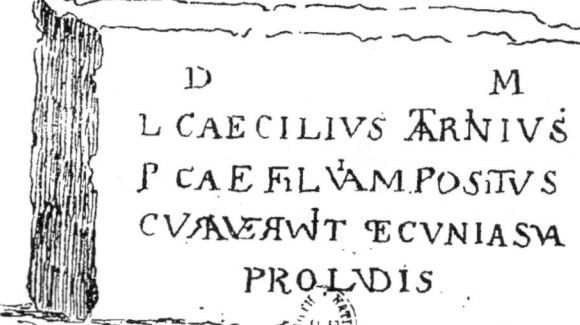

Copie des fac-simile conservés à la Bibliothèque de Poitiers.

Pl. VIII

DEÆ OCÆ
CASTSSIMA
CLAR·COEAT·
LIB· FECIT·

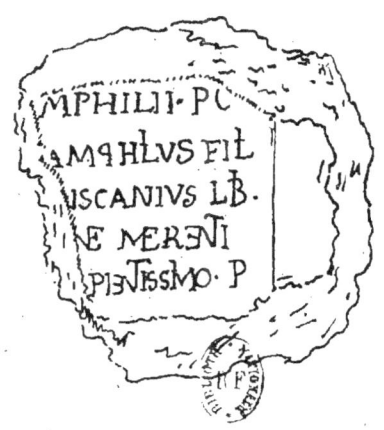

Copie des fac-simile de de Beaumenil.

E.E.

Pl. VIII bis

Médailles au revers de l'Autel d'Auguste.

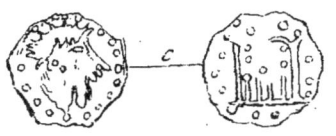

a     Médaille à l'effigie d'Auguste.
b     _____ d°_____ d° de Tibère.
c     Monnaie gauloise.

(D'après Aug. Bernard : Le Temple d'Auguste.)

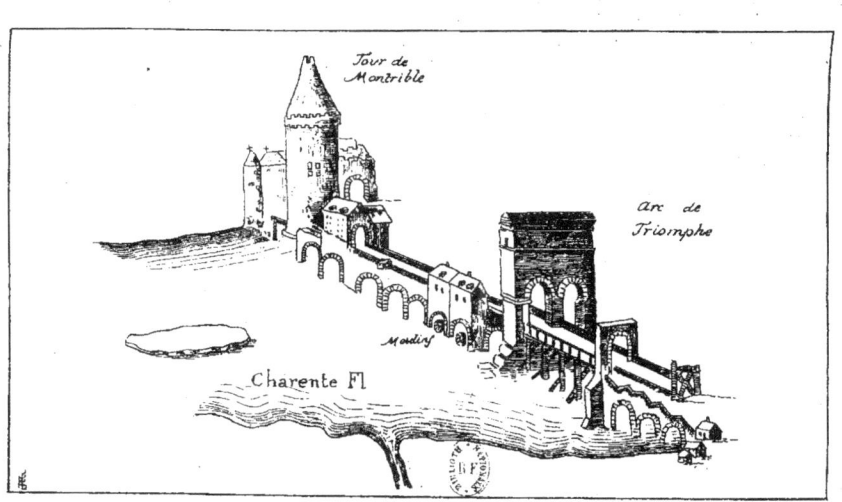

Tour de
Montrible

Arc de
Triomphe

Moulins

Charente Fl

Pont de Saintes en 1560 - Copie du dessin fait par Braunius.
(Theatrum Mundi, t. III, n° 17.)

*Pl. IX bis*

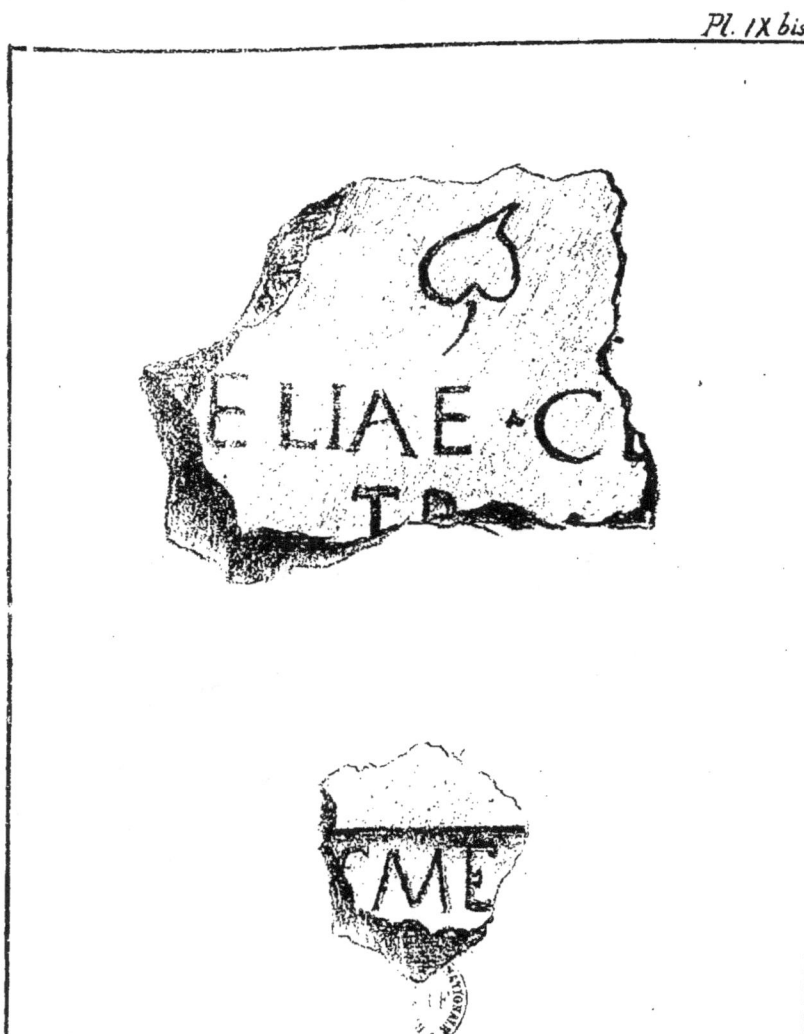

C IVLICA . . . DIL . . . . . MAG . . .
SANT DVPLICARIO ALAE A EIECTORIGAN
STIPEND S EMERITIIS XXXII AER EIN CSSO E CC
GES A TORVM D C RAE TORVM C STELLO IR C VO C VR
CORONIS A E NVLIS AVR EIS D ONATO A C M MILITON
IVLIA MATRONA F CIVL PRIMVLVS LH ET

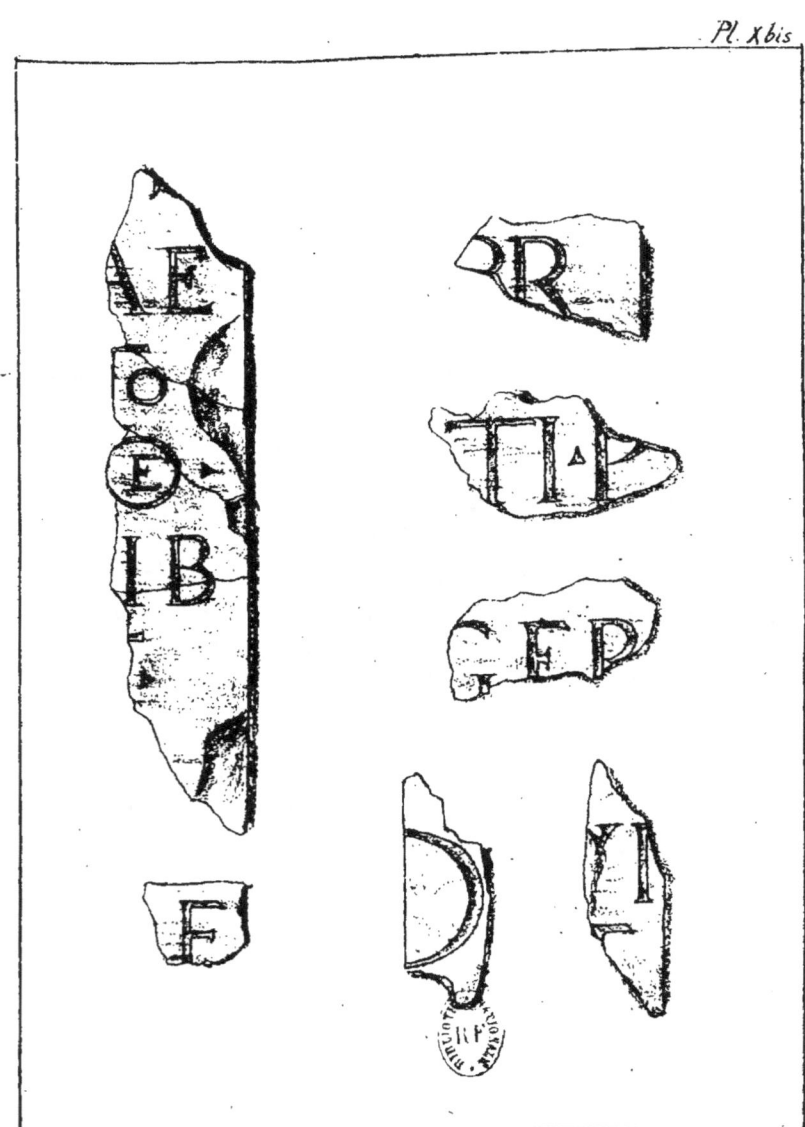

Pl. XI

L.FVRIVS &
L. FANI &
MIL...

DM

FORTIONI O

SVARIFELICIS

H R TO

Copie des fac-simile conservés à la *Bibliothèque de Poitiers*.

Pl. XI bis

Pl. XII

M
R ONI · VIVƎTIS DIORA
NO · FILIO PERSICIVI
SVIVES DE SVO CON SA
H

Copie du fac-simile conservé à la Bibliothèque de Poitiers.

Pl. XIII

Pl. XIV

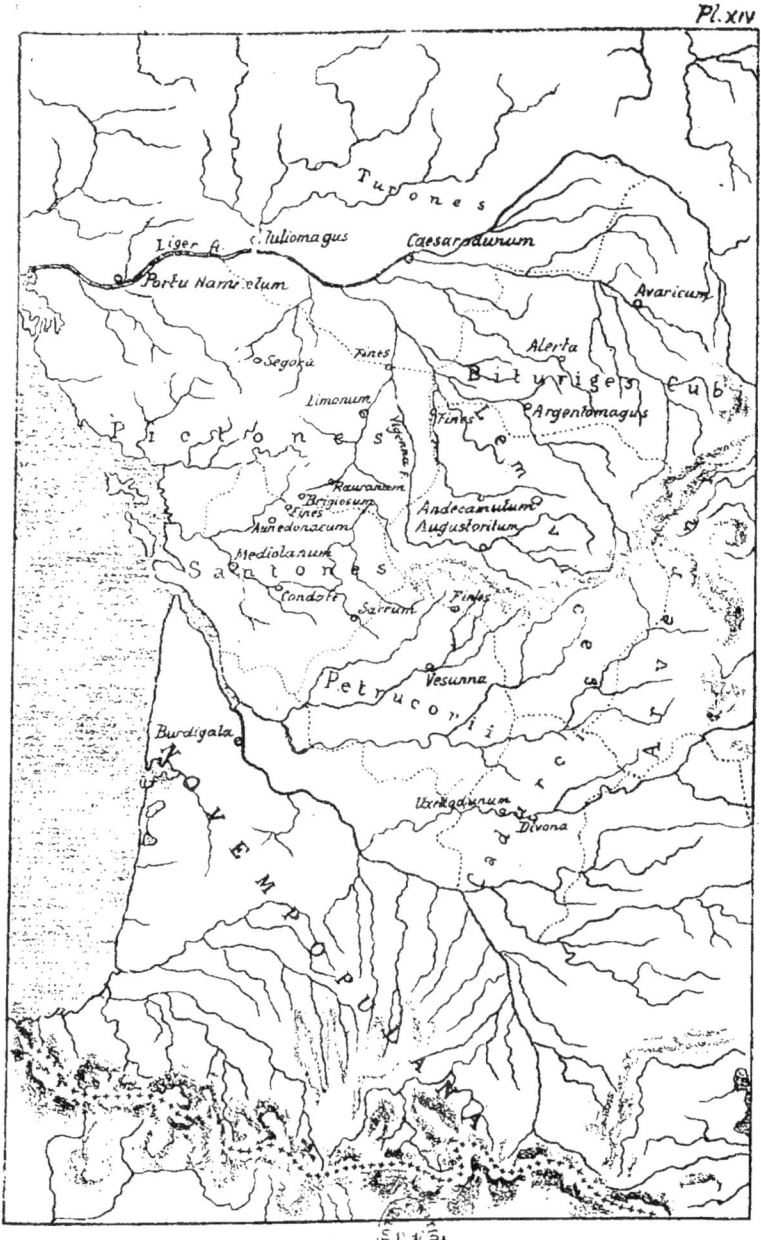

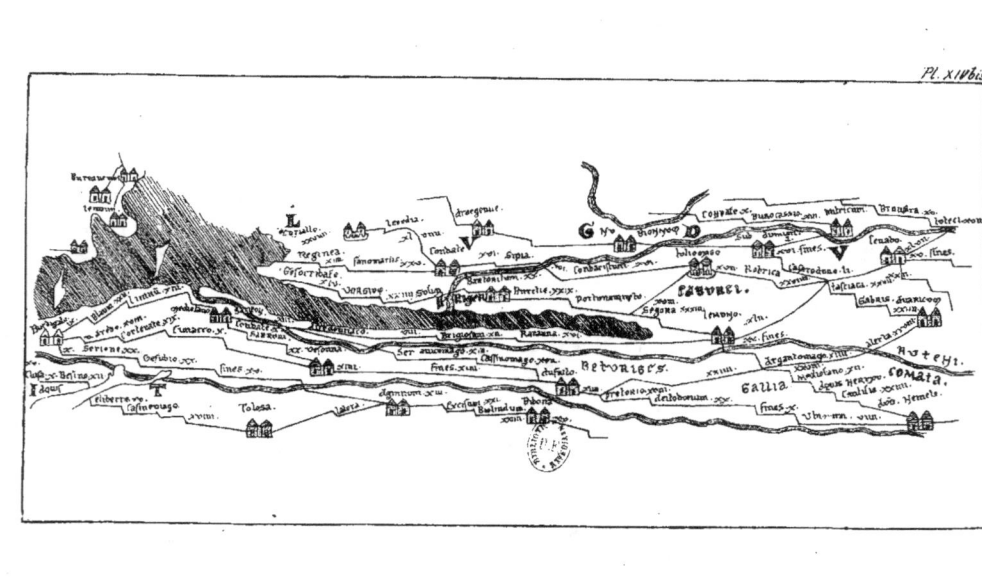

Pl. XIV bis

Pl. XV

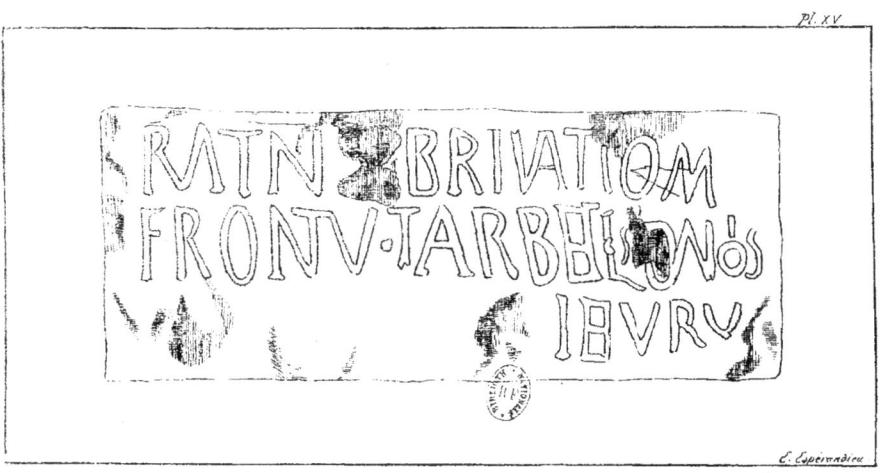

Inscription celtique du Vieux Poitiers. ( Fac-simile du dessin de de Longuemar.)

Pl. XVI

*Inscription celtique du Vieux-Poitiers.*

Pl. XVI bis

Fac-similé d'un dessin conservé à la
Bibliothèque des Antiquaires de l'Ouest, (Carton 1).

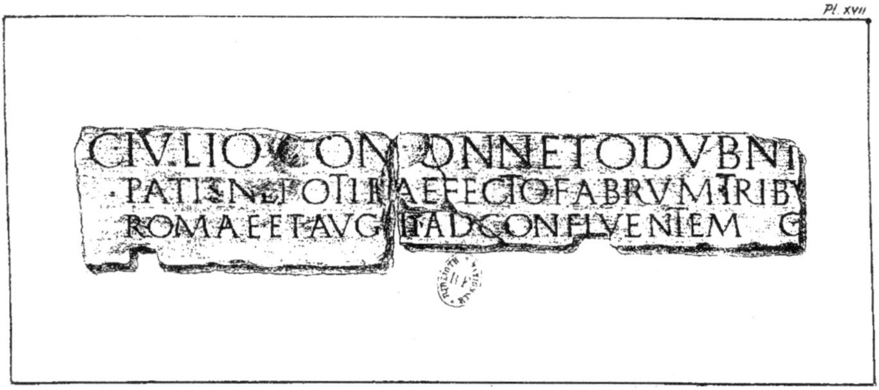
C·IVLIO C·ON ONNETODVBNI
·PATI·S·NEPOTI ·P AEFECTO·FABRVM·TRIBV
ROMAE·ET·AVG ·AD·CONFLVENTEM C

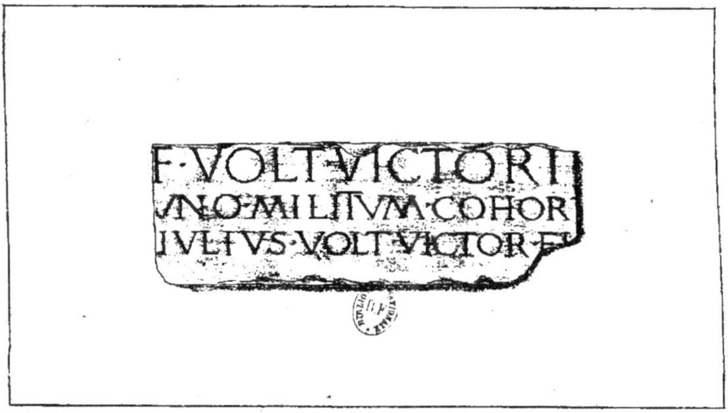

F·VOLT·VICTORI
VNO·MILITVM·COHOR
IVLIVS·VOLT·VICTOR·F

Pl. XVII ter

Pl. XVII pag.

VICTORI AO
ILITVM·COHO
CIVLIVS·VOLT·V

MO
RVM
IVS

1

| C·IVLIO·CON c | ONNETODVBN | F·VOLT·VICTORI | Agedomo |
|---|---|---|---|
| PATIS·NEPOTI·P r | AEFECTO·FABRVM·TRIB | VNO·MILITVM·COHOR? | ......sacerd. |
| ROMAE·ET·AVG us | TI·AD CONFLVENTEM·G | IVLIVS·VOLT·VICTOR? lius |

2

| C·IVL i | O·CON C on | NETO dubni·f·volt | VICTORI·AC ed | MO |
|---|---|---|---|---|
| PAT i | S·NEPOTI·PR aese | CTO·FA brum·tribuno·m | ILITVM·COHO rt ...... | ARVM |
| SAC e | RD·ROMAE et aug | VSTI·AD confluentem | CIVLIVS·VOLT·V ictorfi | IVS |

Pl. XVIII

Pl. XX

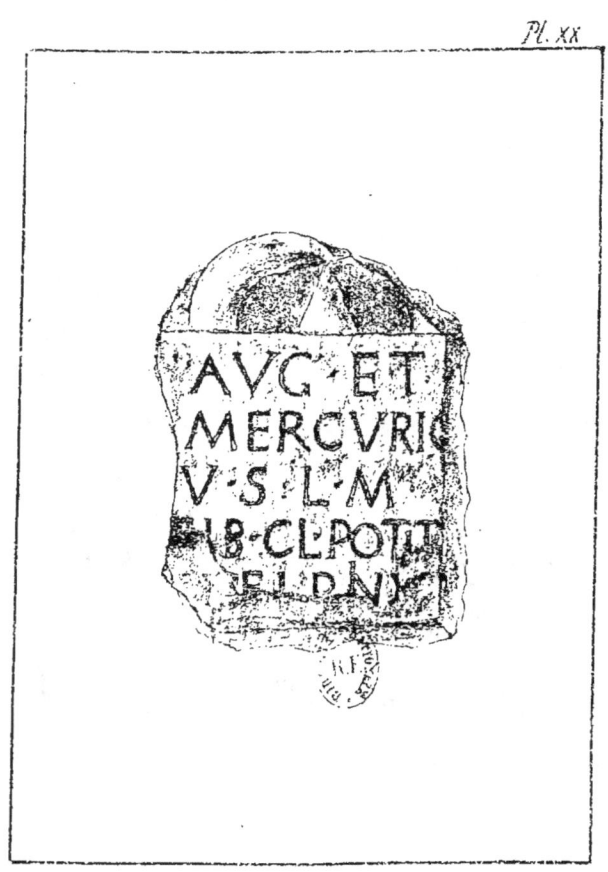

Pl. XX bis

LEPIDAVALENTISF
REGINIVXOR
LEPIDAREGINIFIL
PIETATI

CAB IEVE
VIIIATINAMO
VNHEPSVP

IBIN
LVIFILI
A·XXVII

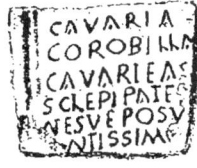

CAVARIA
COROBILLA
CAVARIEAS
SCLEPIPATE
NESVEPOSV
NTISSIM

MAVELO
ROPO
ONDIVI
MSAERI

Pl. XXI

Pl. XXII

Pl. XXIII

Pl. XXIV

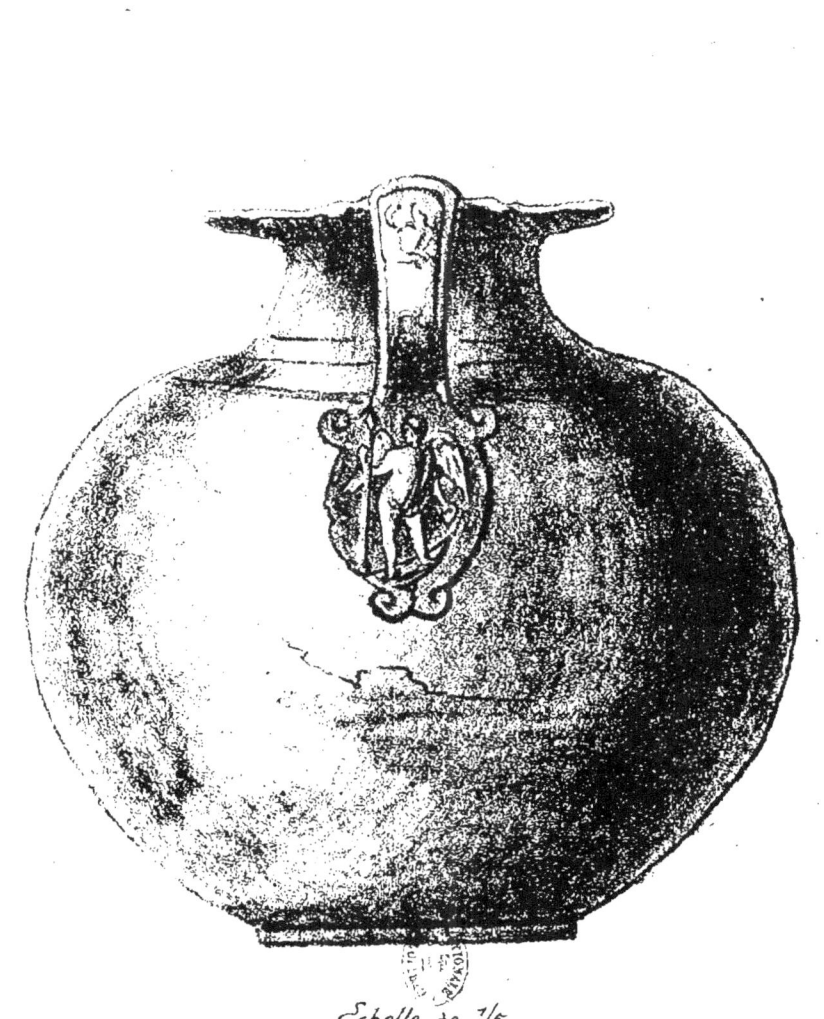

Echelle de 1/5

Pl. XXV

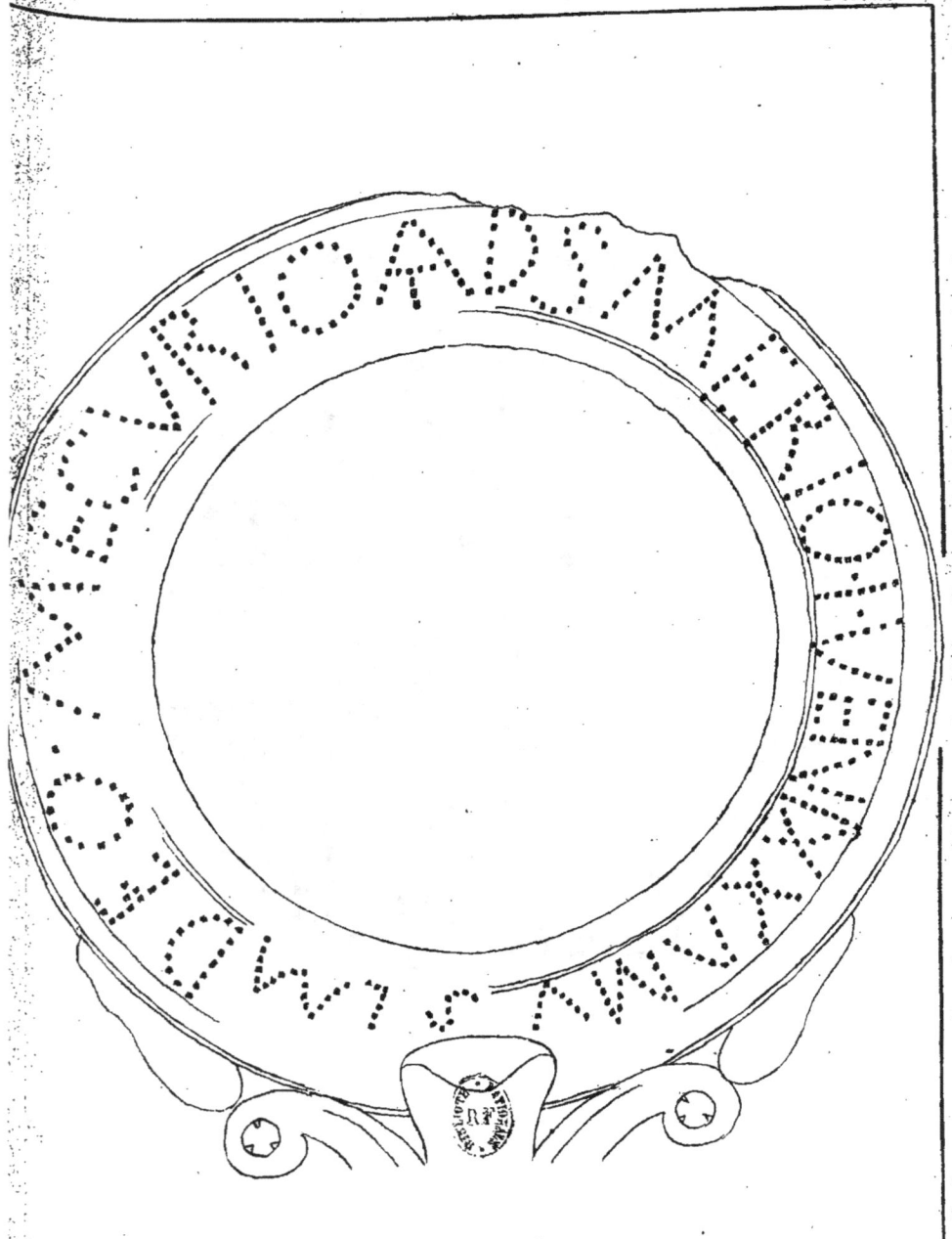

Échelle à 1/1

…

Pl. XXVI

Pl. XXVII

*Croquis du milliaire découvert dans la Crypte de St Hilaire*

Pl. XXVII

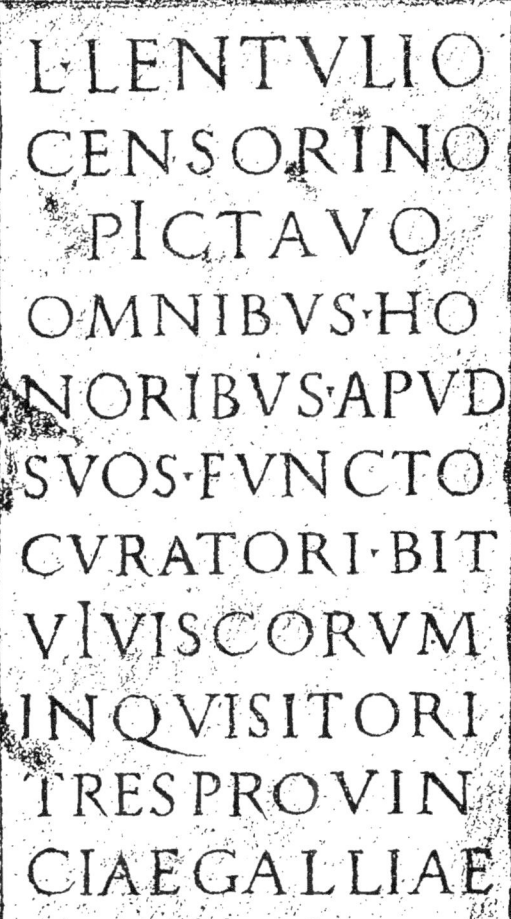

L·LENTVLIO
CENSORINO
PICTAVO
OMNIBVS·HO
NORIBVS·APVD
SVOS·FVNCTO
CVRATORI·BIT
VIVISCORVM
INQVISITORI
TRESPROVIN
CIAEGALLIAE

C.E.

Pl XXIX

Pl XXX

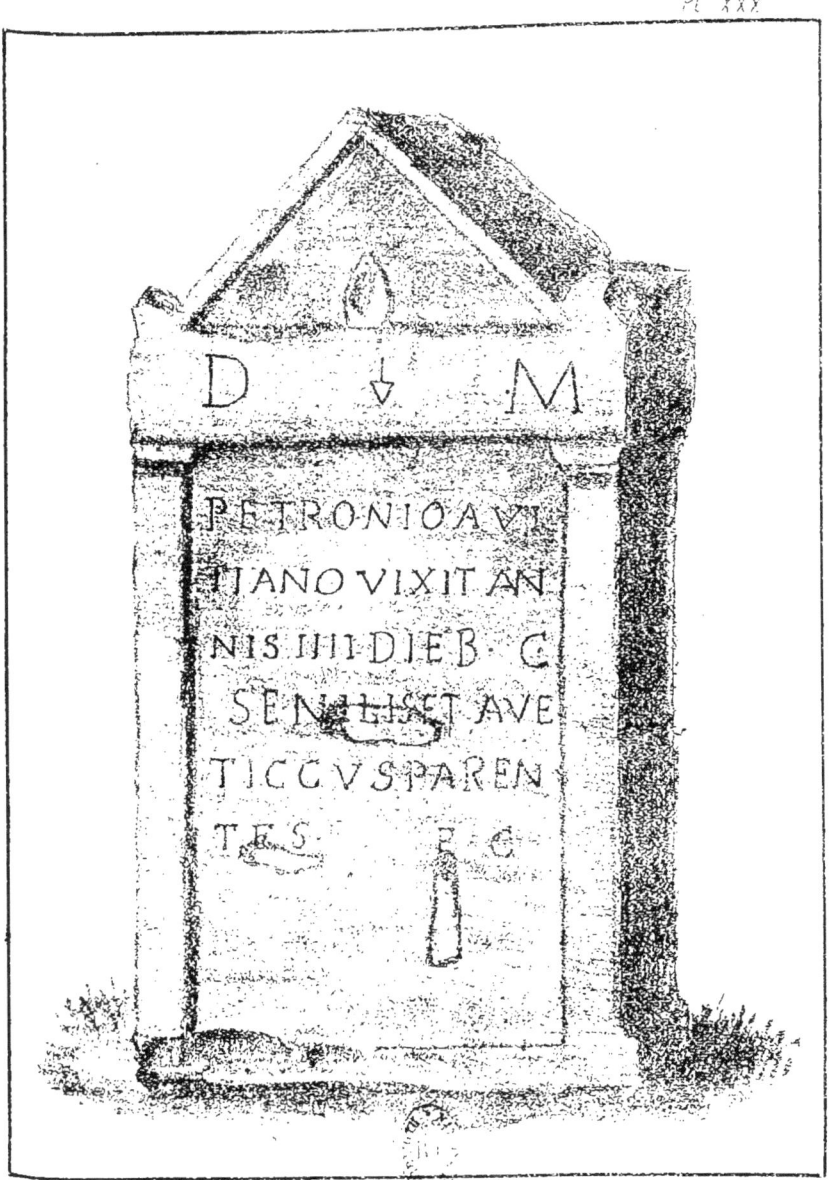

Pl. XXXI

CIVLIRI OVERIV GIF VOLMARINO
TALIPRIMO C C R QVAESTORI VERO
MARINA FILIA

Pl. XXXII

Pl XXXIII

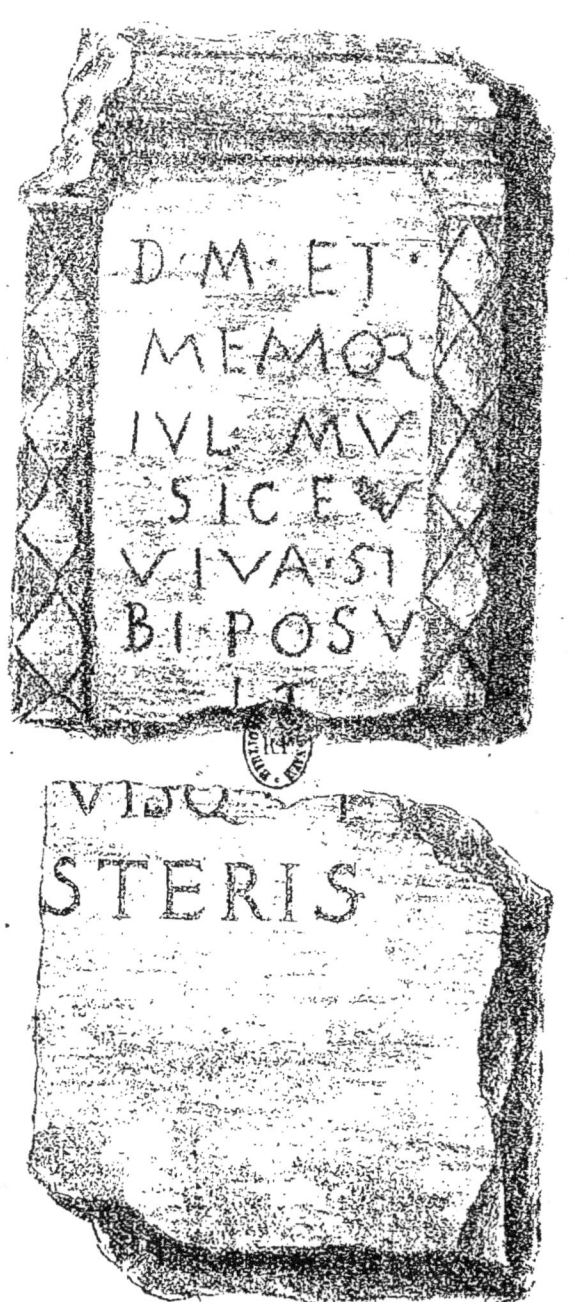

D·M·ET·
MEMOR
IVL·MV
SICEV
VIVA·SI
BI·POSV
IT

V̇IṠ..Ṫ
STERIS

Pl. XXXIV.

D    M

DIVIXTA
DIVIXTI
FIL FILIO
LO BON
ONI & M
RITO

Pl. XXXV

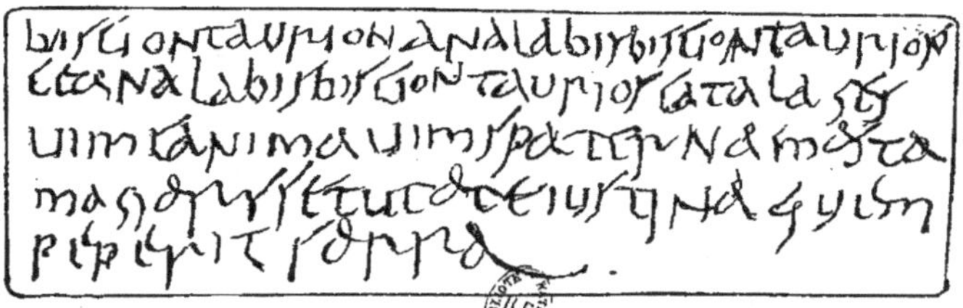

bisti ontaurion ananldbisbisti ontaurion
etena labisbisti ontaurior atala sti
uimtanima uimspatipna mesta
mandnystturdetiutyna guim
pspepint sorpra

Echelle à 1/1

*Pl. XXXVI*

*a*

*f*

*b*

*e*

*c*

*d*

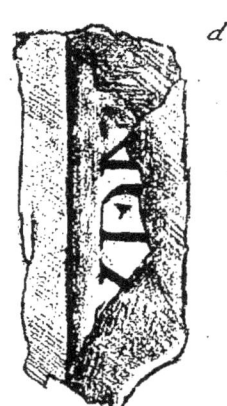

*a, b, c, Fac-similé des dessins de Mangon de la Lande*

Pl. XXXVII

D          M
ET MEMORI
AE CL RVFI
MARITI SVI

D M E M
VAL VENE
RIAE REG
NAE

Pl. XXXVIII

CVSCAI IVSS
OMNERI FIL VIVO
IAECAPRICOMNERIIFILA
CVNDINAE FILIAE VIXSIT V
XXITEMMEMORIAE IVLI
NIVGI CARISSIMAE N

*Pl. XL*

Pl. XL bis

L ALBIMILE

LEG TI X L AENATIS

ANNO XXVII STI VII

IPSE

Pl. XLI

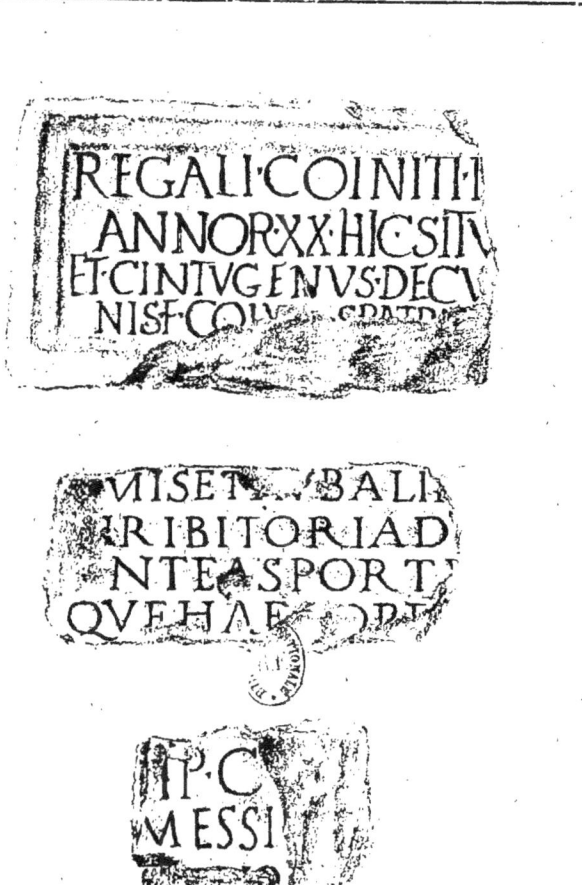

Pl. XLII

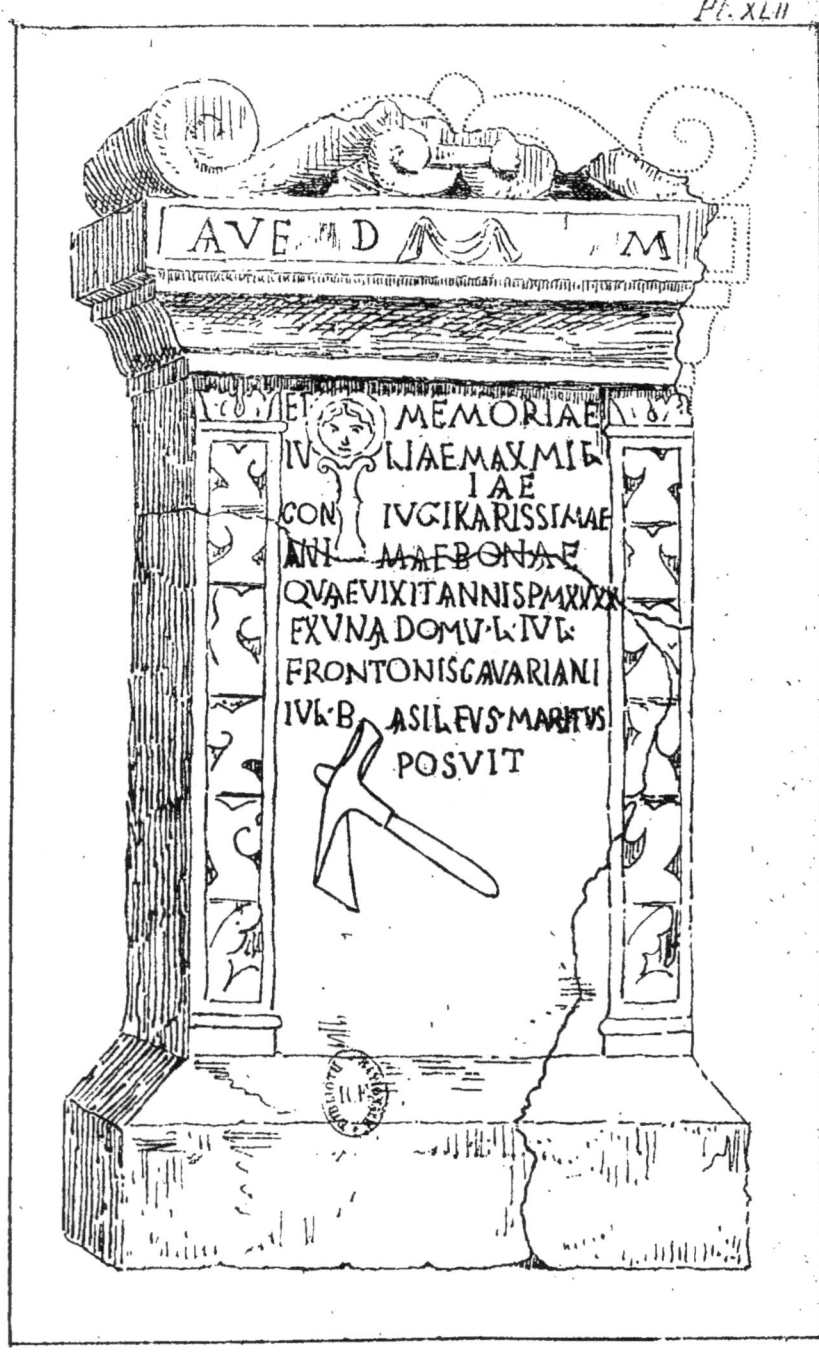

Pl. XLIII

Pl. XLIV

Pl. XLVI.

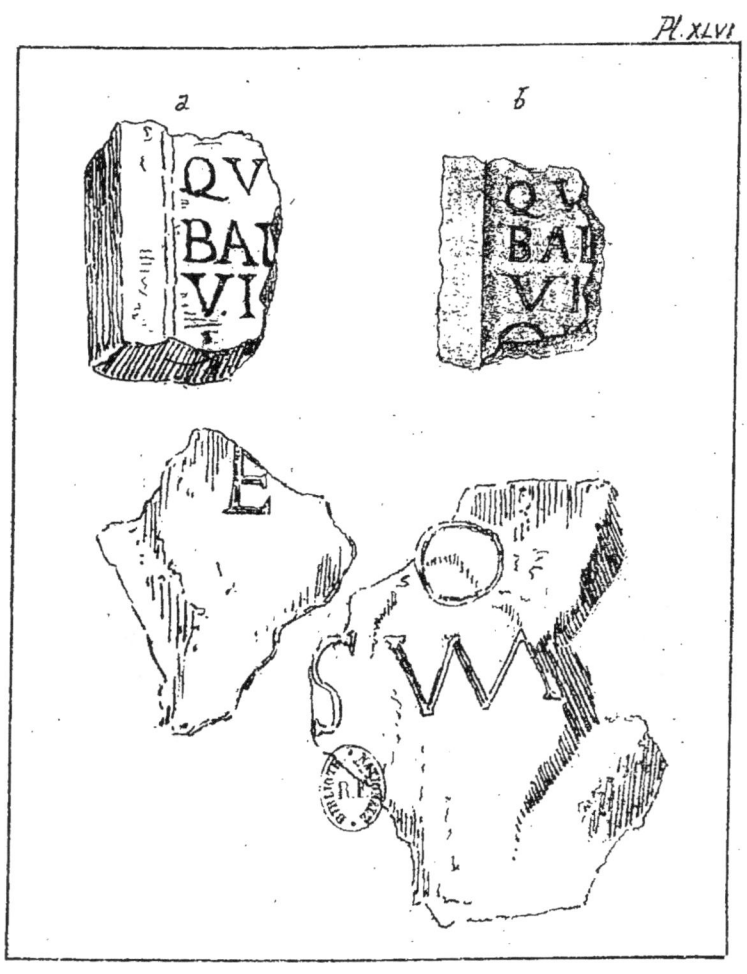

Pl. XLVI bis.

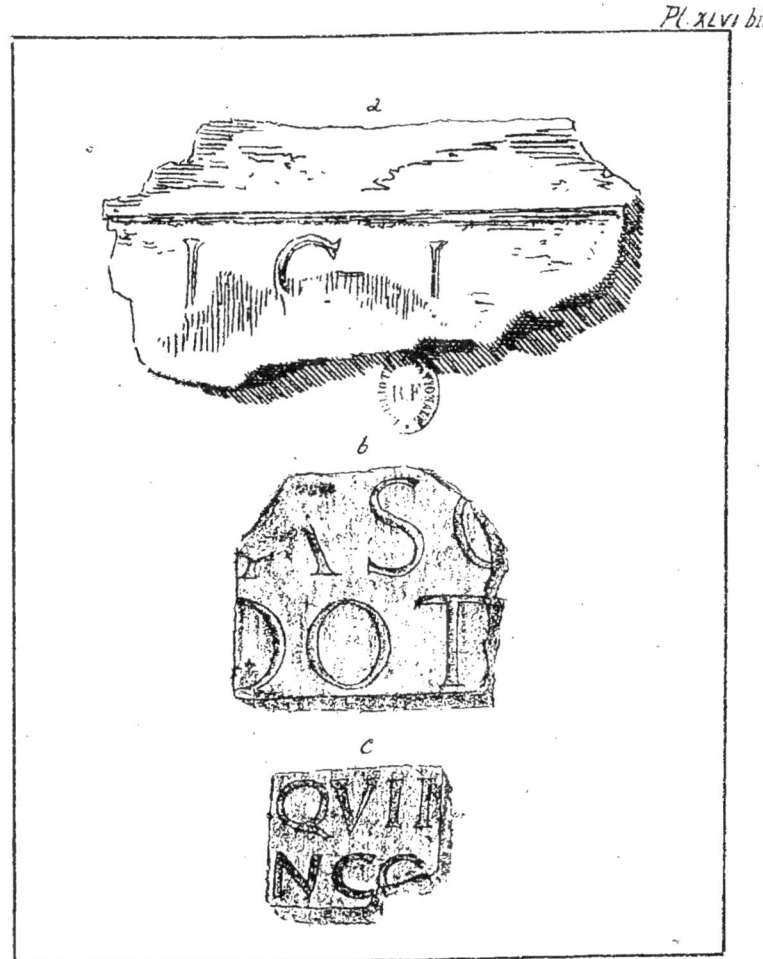

d

b

c

Pl. XLVII

IMP·CAES
MARCLAV
TACITOIMP
PIOFAVG
PONMPP
TRIBPCON
CP·L·LXVI
F·L·XX

Pl. XLVIII

Pl. XLIX

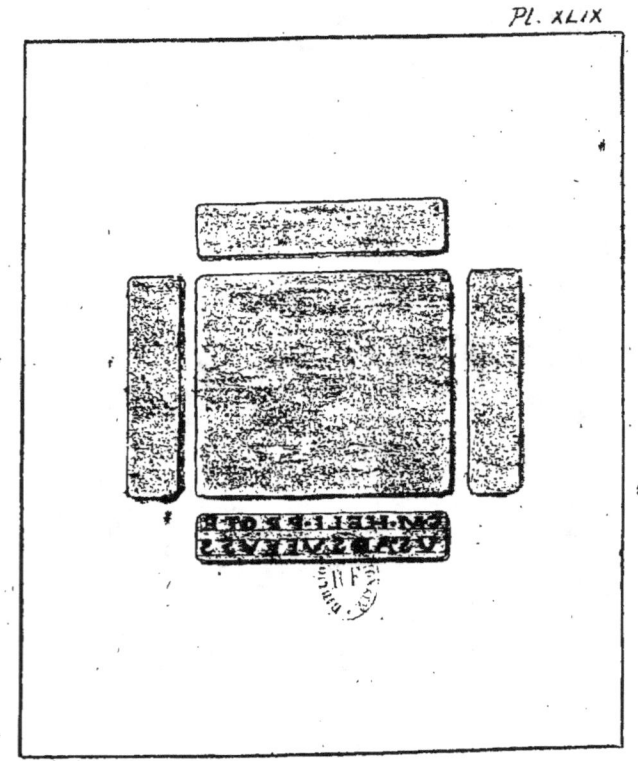

Pl. L

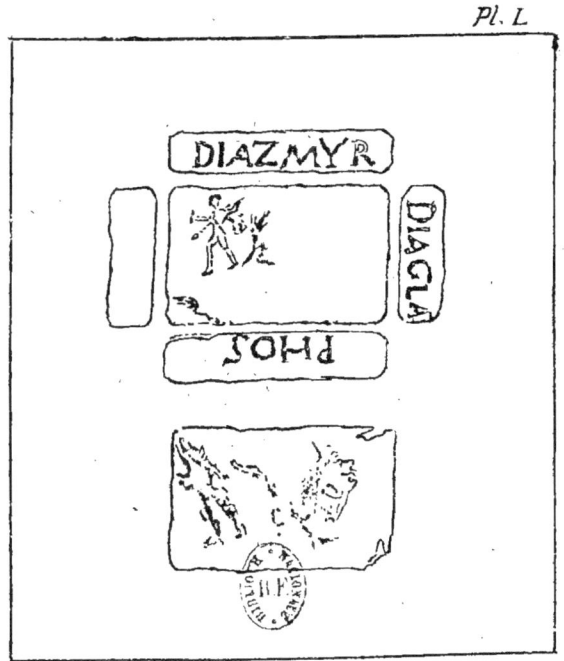

Pl. LI

...D.M.

PRO.SAL.IMP.M.AVR.ANTONINI.FEL.AVG.BRIT.P.M.
TR.P.XV.IMP.II.COS.II.DES.III.P.P.C.IVL.DRVTEDO.
ET.BALORICE.TAVR.F.EX.V.

II.

D.M.ET.M.L.CARNEOLI.7.K.I.GAL.AN.LI.M.VI.MIL.ANN.
XXV.M.CARNEOLVS.P.O.F.M.P.F.I.ET.S.A.D.

*Inscriptions d'Aunai.*

pl. XLI et pl. XLII.

(La légende est en vraie grandeur).

Pl. LIII

Pl. LIV

(Dessin en vraie grandeur).

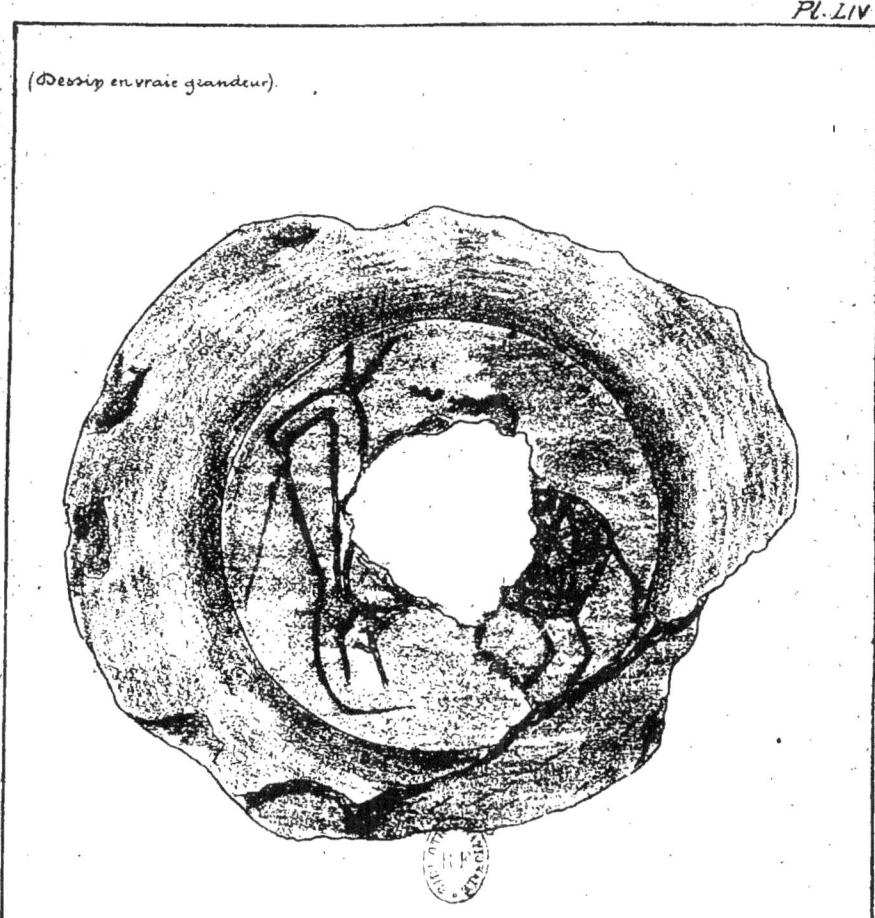

*Pl. LV*

D M ET M LIC
SENODONNAE LIC
PATERNVS MO SIBI E
SVIS VIVM PARAVIT

Pl. LVI.

CARINAE CONIVGI QVE VIX
IT ANNOS XXVII TVALERIVS

## DU MÊME AUTEUR :

Note sur quelques ruines romaines de la subdivision du Kef. —
(Rapport présenté à l'Académie des inscriptions et belles-lettres.)
Paris, 1883, in-8, 49 pp., une carte, 2 plans, 3 grav.

Inscriptions latines trouvées en Tunisie. (Extrait des *comptes
rendus* nos 8 et 9 de l'Académie d'Hippone). Bône, 1883, in-8°, 26 pp.

Epigraphie des environs du Kef. Paris, 1885, in-8, 116 pp., une
carte, 19 grav. et plans.

Note sur les citernes romaines du Kef. (Extr. du *Bull. archéol.* du
comité des travaux historiques.) Paris, 1886, in-8, 6 pp.

Sur la conservation des monuments en Algérie et dans les
colonies françaises. (Extrait des *Mémoires* du congrès archéol.
de Montbrison.) Paris, 1886, in-8, 5 pp.

Supplément à l'épigraphie du Kef. (Extrait du 21e *Bull.* de l'Académie d'Hippone.) Bône, 1886, in-8, 28 pp., une carte.

Lettre sur la Najà Hedje. (Extrait du 22e *Bull.* de l'Académie
d'Hippone.) Bône, 1887, in-8, 6 pp.

Les monuments historiques de la Tunisie. Alais, 1887, in-8, 10 pp.

Notice sur l'église Saint-Pierre de Nant (Aveyron). (Extrait du
*Bull. monum.*) Caen, 1887, in-8, 19 pp., une pl.

Note sur les inscriptions romaines récemment découvertes à
Saintes. Melle, 1887, in-8, 24 pp.

Inscription du soldat Santon C. Julius Macer. (Extrait de la *Revue
poitevine.*) Saint-Maixent, 1887, in-8, 7 pp.

Etude sur le Kef. Paris, 1888, in-8, vi-147 pp., une carte.

Note sur quelques monnaies découvertes à Poitiers par le R. P.
Camille de la Croix. (Extrait de la *Revue numismatique.*) Paris,
1888, in-8, 26 pp., 2 grav.

L'inscription de Varenilla au musée des antiquaires de l'Ouest.
(Extrait de la *Revue poitevine.*) Saint-Maixent, 1889, in-8, 20 pp.

Note sur une marque de verrier découverte à la Hourre, près
d'Auch. (Extr. de la *Revue de Gascogne.*) Foix, 1889, in-8, 12 pp., 2 pl.

Note sur deux célèbres vers léonins de la période médiévale.
(Extrait du *Bull. archéol.* du Comité des travaux historiques). S. l.,
1889, in-8, 8 pp.

Seconde note sur les inscriptions romaines découvertes à
Saintes. (Extrait du *Recueil* de la Commission des arts et monuments de la Charente-Inférieure.) S. l., 1889, in-8, 20 pp.

## *SOUS PRESSE :*

Le temple Saint-Jean de Poitiers. (Extrait des *Paysages et monuments du Poitou.*) Paris, in-folio, 2 planches, gravures dans le texte.

La nationalité d'Atectorix. (Extrait de la *Revue poitevine.*) In-8.

Mélanges d'épigraphie, d'archéologie et de numismatique. Paris,
in-8.

Cours de topographie rédigé d'après les programmes officiels du
24 février 1888, nombreuses figures dans le texte. Paris, in-8.

Carte de la Tunisie à l'échelle de $\frac{1}{400,000}$ (1 feuilles tir. en 5 coul.).

## *POUR PARAITRE PROCHAINEMENT :*

Inscriptions chrétiennes du Poitou et de la Saintonge anté-
rieures au XIe siècle. In-8, nombreuses gravures dans le texte.

Sigles figulins de l'époque gallo-romaine découverts dans la
Vienne, la Vendée, les Deux-Sèvres, la Charente et la Charente-
Inférieure. In-8, nombreuses gravures dans le texte.